Arthur Conan Doyle

Les Trois Garrideb

Texte et illustration de couverture : © domaine public
Edition : Culturea (Hérault, 34)
Contact : infos@culturea.fr
Retrouvez notre catalogue sur http://culturea.fr
Imprimé en Allemagne par Books on Demand
Design typographique : Derek Murphy
Layout : Reedsy (https://reedsy.com/)

Dépôt légal : janvier 2023

ISBN : 9791041928279

Table des matières

Les trois Garrideb

Est-ce une comédie ou une tragédie ? Un homme a perdu la raison, j'ai subi une saignée, et un autre homme a encouru les foudres de la loi. Cependant le comique n'a pas manqué. Vous jugerez par vous-mêmes.

Je me rappelle fort bien la date, car Holmes venait de refuser le titre de chevalier pour des services rendus que je serai peut-être amené à raconter un jour. Je n'y fais qu'une brève allusion, car ma situation d'associé et de confident m'oblige à une discrétion exemplaire. Je répète toutefois que je suis en mesure de préciser la date : fin juin 1902, peu après la fin de la guerre en Afrique du Sud. Holmes avait passé plusieurs jours au lit, ce qui lui arrivait de temps en temps ; mais ce matin-là, il apparut tenant dans une main un long document sur papier ministre ; une lueur de malice brillait dans ses yeux.

— Voici une occasion pour vous de gagner un peu d'argent, ami Watson ! me dit-il. Avez-vous déjà entendu le nom de Garrideb ?

Je fus contraint d'admettre que non.

— Hé bien ! si vous pouvez mettre la main sur un Garrideb, il y a de l'argent à gagner.

— Pourquoi ?

— Ah ! c'est une longue histoire ! Et une histoire assez baroque... Je ne crois pas que, au cours de toutes nos explorations des complexités humaines, nous ayons jamais rencontré quelque chose d'aussi bizarre. Le bonhomme va bientôt se présenter ici. Je n'ouvre pas le dossier avant qu'il soit arrivé. Mais en attendant, nous avons besoin d'un Garrideb.

L'annuaire du téléphone se trouvait près de moi ; je tournai les pages à tout hasard. Or ce nom étrange figurait dans la liste des abonnés. Je poussai un cri de triomphe.

– Le voici, Holmes !

Holmes me prit l'annuaire des mains.

– Garrideb N., lut-il. 136, Little Ryder Street, W. Désolé de vous décevoir, mon cher Watson, mais ce Garrideb est l'homme que j'attends. L'adresse est écrite sur sa lettre. Nous avons besoin d'un autre Garrideb.

Mme Hudson entra avec une carte de visite sur un plateau. Je la pris et y jetai un coup d'œil.

– Hé bien ! le voici ! m'exclamai-je. L'initiale n'est pas la même. John Garrideb, conseiller juridique, Moorville, Kansas, USA.

Holmes sourit en regardant la carte de visite.

– Je crains que vous ne deviez faire un nouvel effort, Watson. Ce gentleman est déjà lui aussi dans la combinaison ; je ne m'attendais pourtant pas à le voir ce matin. Après tout, il peut nous donner quelques renseignements utiles.

M. John Garrideb, conseiller juridique, était un homme râblé, musclé, et il avait le visage frais, rond et rasé de beaucoup d'hommes d'affaires américains. Il paraissait joufflu et naïf ; on avait l'impression d'un tout jeune homme qui souriait perpétuellement. Ses yeux par contre retenaient l'attention. J'ai rarement vu sur un visage humain deux yeux aussi expressifs : ils brillaient, ils étaient vifs, ils s'harmonisaient avec tout ce qui se passait dans la tête de leur propriétaire, lequel avait l'accent américain, mais se gardait de toute excentricité de langage.

— Monsieur Holmes ? interrogea-t-il en nous dévisageant successivement. Ah ! oui. Vos photographies sont assez ressemblantes, monsieur, si je puis me permettre cette remarque. Je crois que vous avez reçu une lettre de mon homonyme, M. Nathan Garrideb, n'est-ce pas ?

— Asseyez-vous, je vous en prie, dit Sherlock Holmes. Nous avons, je pense, un assez long entretien devant nous...

Il s'empara des feuilles de papier ministre.

— ... Vous êtes, bien sûr, le M. John Garrideb cité dans ce document. Mais vous avez passé quelque temps en Angleterre ?

— Pourquoi me dites-vous cela, monsieur Holmes ?

Dans ses yeux, je lus une sorte de soupçon soudain.

— Tout votre trousseau est anglais.

M. Garrideb émit un rire contraint.

— J'ai lu certaines de vos histoires, monsieur Holmes ; mais je n'aurais jamais cru que vos astuces me prendraient pour cible. A quoi avez-vous vu cela ?

— A la coupe de votre veston à l'épaule, au bout relevé de vos chaussures... Qui pourrait ne pas le voir ?

— Ma foi, je ne me doutais nullement que j'étais si évidemment Anglais. Mes affaires m'ont obligé à venir ici il y a quelque temps, et en effet presque tout mon trousseau, comme vous dites, provient de Londres. Cependant, je suppose que votre temps est mesuré et que nous ne nous sommes pas rencontrés pour parler de la coupe de mon costume. Si nous en venions à ce papier que vous avez en main ?

Holmes avait dû froisser notre visiteur, dont le visage tout rond affichait une expression beaucoup moins aimable.

— Patience, monsieur Garrideb, patience ! susurra mon ami. Le docteur Watson vous dirait que les petites digressions auxquelles je me livre parfois se révèlent en fin de compte fort utiles. Mais pourquoi M. Nathan ne vous a-t-il pas accompagné ?

— Mais pourquoi vous a-t-il mêlé à tout ? demanda notre visiteur au bord de la colère. En quoi cette affaire vous regarde-t-elle ? Une conversation toute professionnelle s'était engagée entre deux gentlemen, et l'un d'eux éprouve le besoin d'appeler un détective à la rescousse ! Je l'ai vu ce matin, il m'a avoué l'idiotie qu'il avait commise : voilà pourquoi je suis venu ici. Mais je la trouve mauvaise, tout de même !

— Son initiative n'est pas dirigée contre vous, monsieur Garrideb. De sa part, il ne s'est agi que d'un effort pour toucher plus vite au but : but qui est, si j'ai bien compris, d'une importance capitale pour vous deux. Il savait que je dispose de certains moyens pour obtenir des renseignements ; il était donc tout naturel qu'il s'adressât à moi.

Le visage de notre visiteur s'éclaira graduellement.

— Bon. Voilà qui place les choses sous un angle différent, dit-il. Quand je suis allé le voir ce matin et qu'il m'a dit qu'il s'était adressé à un détective, tout de suite j'ai demandé votre adresse et j'ai foncé chez vous. Je ne veux pas que la police intervienne dans une affaire privée. Mais si vous vous contentez de nous aider à trouver l'homme, il n'y a aucun mal à cela.

— C'est exactement ainsi que se présente l'affaire, répliqua Holmes. Et maintenant, monsieur, puisque vous êtes ici, nous aimerions bien avoir de votre bouche un récit bien clair. Mon ami Watson ne connaît pas les détails.

M. Garrideb m'accorda un regard qui n'avait rien d'amical.

— Est-il indispensable qu'il soit au courant ? demanda-t-il.

— Nous avons l'habitude de travailler ensemble.

— Après tout, il n'y a pas de raison pour garder le secret. Je vous résumerai les faits le plus brièvement possible. Si vous arriviez du Kansas, je n'aurais pas besoin de vous expliquer qui était Alexander Hamilton Garrideb. Il fit fortune dans les transactions immobilières, puis à la bourse du blé à Chicago, mais il dépensa beaucoup d'argent en achetant quantité de terrains, certains aussi étendus que n'importe lequel de vos comtés, le long de la rivière Arkansas, à l'ouest de Fort Dodge. Ce sont des terres à pâturages, des bois, des terres arables, des terres avec un sous-sol riche en minerais, des terres enfin bonnes à rapporter gros à leur propriétaire.

« Il n'avait ni ascendants ni descendants en vie. J'en aurais entendu parler. Mais il était fier de son nom peu banal. Voilà ce qui nous mit en contact. J'étais à Topeka, où je m'occupais de problèmes juridiques. Un jour je reçus la visite du vieux bonhomme. Il était stupéfait que quelqu'un portât son propre nom. Il se mit aussitôt à l'œuvre pour savoir s'il existait au monde d'autres Garrideb.

— Trouvez-m'en un autre ! me dit-il.

« Je lui dis que j'étais un homme occupé et que je ne pouvais pas consacrer ma vie à faire le tour du monde en quête de quelques Garrideb.

« – Néanmoins, me répondit-il, c'est exactement ce que vous ferez si les choses se passent comme prévu.

« Je crus qu'il plaisantait, mais il y avait une extraordinaire signification cachée dans ses paroles, comme je m'en aperçus bientôt.

« Il mourut en effet dans l'année. Il laissa un testament. Testament qui s'avéra le plus étrange qui ait jamais été enregistré dans l'État du Kansas. Il avait divisé ses biens en trois parties, et je devais recevoir la jouissance de l'une à la condition que je trouve deux autres Garrideb qui se partageraient le reste. C'est une affaire de cinq millions de dollars pour chacun, mais nous n'avons pas le droit d'y toucher tant que nous ne sommes pas trois à nous présenter devant le notaire.

« Cette chance était si extraordinaire que je quittai mon cabinet juridique pour partir à la recherche de deux Garrideb. Aux États-Unis, pas un. Je traversai l'Atlantique muni d'un peigne à dents serrées pour ratisser le pays. D'abord je trouvai un Garrideb dans l'annuaire du téléphone de Londres. J'allai le voir avant-hier et le mis au courant. Malheureusement il ne connaît aucun autre Garrideb mâle. Car le testament précise : trois adultes mâles. Il nous manque donc encore un Garrideb ; et si vous pouvez nous aider à remplir la place vacante, nous vous dédommagerons largement de vos frais.

– Hé bien ! Watson ? me demanda Holmes en souriant. Je vous avais prévenu : ce n'est pas une affaire banale, n'est-ce pas ? J'aurais cru, monsieur, que votre moyen le plus sûr de dénicher un Garrideb aurait été d'insérer une annonce personnelle dans les journaux.

— J'y ai songé, monsieur Holmes. Pas de réponse.

— Ah ! ah ! Il s'agit certainement d'un curieux petit problème. Je m'en occuperai à mes heures de loisir. En passant, cela m'amuse que vous veniez de Topeka. J'y avais un correspondant (il est mort aujourd'hui), le vieux docteur Lysander Starr, qui fut maire en 1890.

— Brave vieux docteur Starr ! s'exclama notre visiteur. Son souvenir est encore honoré là-bas. Hé bien ! monsieur Holmes, je suppose que nous ne pouvons rien faire de mieux que de vous tenir au courant de nos démarches. Je compte que nous nous reverrons sous peu.

Sur cette promesse, notre Américain salua et sortit.

Holmes avait allumé sa pipe ; il demeura quelque temps assis avec un curieux sourire sur les lèvres.

— Alors ? interrogeai-je enfin.

— Je me demande, Watson, je me demande...

— Quoi ?

Holmes retira sa pipe de sa bouche.

— Je me demande, Watson, quel peut bien être le mobile qui pousse cet homme à nous débiter une telle quantité de mensonges. J'ai failli le lui demander à lui, car en certaines occasions une attaque frontale constitue la meilleure des politiques, mais j'ai estimé qu'il valait mieux le laisser croire qu'il nous avait roulés. Voici un individu qui porte un veston anglais effiloché au coude et un pantalon qui fait sac aux genoux parce qu'ils sont portés depuis un an, et cependant, d'après ce document et son propre récit, il est un Américain de province qui vient d'arriver à Londres. Aucune annonce personnelle n'a paru dans la presse. Vous savez que je les suis de près. J'ai utilisé mon truc classique pour lever un oiseau, et j'ai vu apparaître mon faisan : je n'ai jamais connu de docteur Lysander Starr à Topeka. Où que vous le sondiez, vous tombez sur du faux. Je crois qu'il est effectivement Américain, mais il a adouci son accent parce qu'il habite Londres depuis quelques années. Quel jeu joue-t-il ? Quel mobile se dissimule derrière cette absurde recherche des Garrideb ? Il mérite toute notre attention, car c'est certainement un grand coquin. Il faut que nous sachions si notre autre correspondant est lui aussi un imposteur. Appelez-le donc au téléphone, Watson.

Au bout du fil, j'entendis une voix fluette, chevrotante.

— Oui, ici M. Nathan Garrideb. M. Holmes est-il là ? J'aimerais beaucoup dire un mot à M. Holmes.

Mon ami prit l'appareil et j'entendis l'habituel dialogue syncopé.

— Oui, il est venu ici. Je crois que vous ne le connaissez pas... Depuis combien de temps ?... Deux jours seulement !... Oui, bien sûr, les perspectives sont captivantes. Serez-vous ce soir à votre domicile ? Je suppose que votre homonyme n'y sera pas... Très bien, nous viendrons donc car je voudrais avoir un petit entretien avec vous... Le docteur Watson m'accompagnera... Votre lettre m'a averti que vous ne sortiez pas souvent... Hé bien ! nous serons chez vous vers six heures. N'en dites rien au conseiller juridique américain... Très bien ! Bonsoir !

Une belle journée d'été touchait au crépuscule quand nous arrivâmes dans Little Ryder Street ; cette petite voie qui partait d'Edgware Road et qui se trouvait à un jet de pierre de Tyburn de sinistre mémoire paraissait toute dorée et féerique sous les rayons obliques du soleil couchant. La maison vers laquelle nous nous dirigeâmes était une vaste construction à l'ancienne mode dont la plate façade de briques était coupée seulement par deux grandes baies au rez-de-chaussée. Notre client habitait ce rez-de-chaussée ; les deux fenêtres à larges baies étaient situées, comme nous nous en aperçûmes, dans la grande pièce où il passait ses heures de veille. Holmes me montra la petite plaque de cuivre qui portait ce nom curieux.

– Elle remonte à plusieurs années, Watson, me dit-il en indiquant la surface décolorée. C'est bien son nom.

La maison avait un escalier commun pour tous les locataires ; dans l'entrée, diverses plaques indiquaient des bureaux ou des appartements privés. Elle n'avait rien d'un immeuble résidentiel ; elle abritait plutôt des célibataires voués à la bohème. Notre client nous ouvrit lui-même la porte et s'excusa en nous disant que la femme de charge s'en allait à quatre heures. M. Nathan Garrideb pouvait avoir une soixantaine d'années ; il était très grand, dégingandé, voûté, maigre et chauve. Il avait un visage cadavérique, et la peau grise de quelqu'un qui ne prend jamais d'exercice. De grandes lunettes rondes et un bouc en pointe se combinaient avec son attitude voûtée pour lui donner une expression de curiosité insinuante. En résumé, il me parut aimable, mais excentrique.

La pièce était aussi peu banale que son occupant. Elle ressemblait à un petit musée. A la fois large et profonde, elle était bourrée d'armoires et de meubles à tiroirs débordant de spécimens géologiques et anatomiques. De chaque côté de l'entrée, il y avait des vitrines contenant des papillons et des insectes. Au centre, une grande table était jonchée de toutes sortes de débris, que couronnait le grand tube cuivré d'un puissant microscope. Je fus fort étonné, en regardant autour de moi, du nombre de choses auxquelles s'intéressait M. Nathan Garrideb. Ici, une vitrine protégeant des vieilles monnaies. Là, un tiroir plein d'instruments en silex. Derrière la table du milieu, une grande armoire remplie d'os fossilisés. Au-dessus, des crânes en plâtre qui portaient les noms de « Neanderthal », « Heidelberg ». « Cro-Magnon »... C'était assurément un étudiant ès divers. Pendant qu'il se tenait devant nous, il avait à la main une peau de chamois, avec laquelle il faisait briller une pièce de monnaie.

– Syracuse, et de la meilleure époque ! nous expliqua t-il en la levant à la lumière. Elles ont perdu beaucoup de leur valeur vers la fin. Celles de la meilleure époque dépassent tout, à mon avis ; certains préfèrent les monnaies d'Alexandrie, mais... Vous trouverez un siège ici, monsieur Holmes. Permettez-moi de vous débarrasser de ces os... Et vous, monsieur... Ah ! oui, docteur Watson !... si vous vouliez avoir l'obligeance de pousser légèrement ce vase japonais... Vous voyez réunis les petits sujets qui m'intéressent. Mon médecin me gronde parce que je ne sors jamais, mais pourquoi sortirais-je quand tant de choses me retiennent ici ? Je puis vous affirmer que s'il me fallait inventorier l'un de ces meubles, j'en aurais largement pour trois mois.

Holmes inspecta les lieux d'un regard amusé.

– Mais vraiment ne sortez-vous jamais ? demanda-t-il à M. Nathan Garrideb.

– De temps à autre je me fais conduire en fiacre chez Sotheby ou chez Christie, qui sont mes antiquaires préférés. Autrement je quitte rarement cette pièce. Je ne suis pas un colosse et mes recherches sont très absorbantes. Mais vous pouvez vous douter, monsieur Holmes, du choc terrible (agréable mais terrible) que j'éprouvai en apprenant cette bonne fortune sans précédent. Il ne manque plus qu'un Garrideb pour que l'affaire soit réglée ; sûrement nous en trouverons un ! J'avais un frère, mais il est mort, et les parentes du sexe féminin, paraît-il, ne comptent pas. Mais il y a certainement d'autres Garrideb de par le monde. On m'avait dit que vous vous occupiez d'affaires sortant de l'ordinaire ; voilà pourquoi j'ai fait appel à vous. Certes, ce gentleman américain n'a pas tort quand il me reproche de ne pas avoir pris son avis, mais j'ai agi pour le mieux.

– Je pense que vous avez eu tout à fait raison d'agir ainsi. Mais désirez-vous vraiment acquérir un domaine en Amérique ?

– Absolument pas, monsieur ! Rien ne pourrait me décider à abandonner mes collections. Mais ce gentleman m'a donné l'assurance qu'il me rachèterait ma part aussitôt que nos droits seraient reconnus. Il m'a parlé de cinq millions de dollars. Il existe une douzaine de spécimens actuellement sur le marché et qui combleraient certaines lacunes de mes collections ; or faute d'argent, je suis incapable de les acheter quelques centaines de livres. Pensez à ce que je pourrais faire, avec cinq millions de dollars ! J'ai l'embryon d'une collection nationale. Je serai le Hans Sloane de mon époque.

Derrière ses lunettes, ses yeux brillaient. Visiblement, M, Nathan Garrideb ne s'épargnerait aucune peine pour découvrir un homonyme.

– Je suis simplement venu pour faire votre connaissance, dit Holmes, et je ne vois pas pourquoi j'interromprais vos travaux. Je préfère toujours établir un contact personnel avec mes clients. Je désire vous poser très peu de questions, car j'ai en poche votre lettre, qui est très claire, et j'ai complété ses indications par celles que m'a fournies ce gentleman américain. Je crois que jusqu'à cette semaine vous ignoriez son existence ?

– En effet. Il est venu me voir mardi dernier.

– Vous a-t-il mis au courant de notre entretien d'aujourd'hui ?

– Oui, il est venu tout droit chez moi. Il avait été très en colère.

– Pourquoi ?

– Il semblait croire qu'il s'agissait d'une quelconque atteinte à son honneur. Mais quand il est revenu, il paraissait rasséréné.

– Vous a-t-il suggéré un mode d'action ?

– Non, monsieur, il ne m'a rien suggéré du tout.

– Vous a-t-il demandé, ou a-t-il déjà reçu, de l'argent ?

– Non, monsieur.

– Vous ne voyez pas quel peut être son objectif ?

– Non, en dehors de celui dont il fait état.

– Lui avez-vous parlé de notre rendez-vous par téléphone ?

– Oui, monsieur. Je l'ai mis au courant.

Holmes réfléchit. Je m'aperçus qu'il était intrigué.

– Possédez-vous dans vos collections des échantillons de grande valeur ?

– Non, monsieur. Je ne suis pas riche. C'est une bonne collection, mais elle n'a pas une très grande valeur.

– Vous n'avez pas peur des cambrioleurs ?

– Aucunement.

– Depuis combien de temps habitez-vous ici ?

– Près de cinq ans.

L'interrogatoire de Holmes fut interrompu par un coup de poing impératif à la porte. A peine notre client l'eut-il ouverte que le conseiller juridique d'Amérique fit irruption dans la pièce. Il semblait très énervé.

– Ah ! vous êtes ici ! s'écria-t-il en brandissant un journal. J'espérais arriver à temps. Monsieur Nathan Garrideb, mes félicitations ! Vous êtes un homme riche, monsieur. Notre affaire se termine, et tout va bien. Quant à vous, monsieur Holmes, nous ne pouvons vous dire qu'une chose : c'est que nous regrettons de vous avoir dérangé inutilement.

Il tendit le journal à notre client, qui tomba en arrêt sur une annonce marquée d'une croix. Holmes et moi nous la lûmes par-dessus son épaule. Elle était rédigée ainsi :

HOWARD GARRIDEB

Constructeur de machines agricoles. Lieuses, moissonneuses, charrues à main et à vapeur, perforatrices, herses, véhicules de ferme, etc.
Estimations pour puits artésiens

S'adresser à Grosvenor Building, Aston

– Bravo ! cria notre hôte. Nous avons notre troisième homme.

– J'avais entrepris des démarches à Birmingham, dit l'Américain, et mon agent m'a envoyé cette annonce parue dans un journal local. Nous devons nous hâter et régler l'affaire. J'ai écrit à notre homonyme, et je lui ai dit que vous le verriez à son bureau demain après-midi à quatre heures.

– Vous voulez que ce soit moi qui le voie ?

– Qu'en dites-vous, monsieur Holmes ? Ne pensez-vous pas que cela vaudrait mieux ? Me voici, moi, un Américain, qui débarque avec un conte de fées. Pourquoi me croirait-il sur parole ? Mais vous, vous êtes un Anglais avec de sérieuses références, et il vous croira. Je vous aurais volontiers accompagné, mais demain j'ai une journée très chargée ; d'ailleurs je pourrais aller vous retrouver si quelque chose n'allait pas.

– Je n'ai pas fait un voyage pareil depuis des années !

– Ça ne fait rien, monsieur Garrideb. J'ai préparé votre trajet. Vous partez à midi et vous devriez arriver peu après deux heures. Vous pouvez revenir le soir même. Tout ce que vous avez à faire est de voir cet homme, lui expliquer de quoi il retourne, et obtenir de lui un certificat de vie. Par le Seigneur ! ajouta-t-il avec force, quand je pense que je suis venu du centre de l'Amérique, un voyage de cent cinquante kilomètres ne représente pas grand-chose pour mettre un point final à une telle affaire !

– Certainement ! intervint Holmes. Je crois que ce que dit ce gentleman est très juste.

M. Nathan Garrideb haussa les épaules d'un air maussade.

– Puisque vous insistez, j'irai, dit-il. Il serait ingrat de ma part de vous refuser quelque chose, puisque vous avez apporté tant d'espoirs à mes vieux jours.

– C'est donc arrangé, dit Holmes. Je compte sur vous pour me tenir au courant dès que possible.

– J'y veillerai ! assura l'Américain, qui regarda sa montre. Il faut que je m'en aille. Je viendrai vous voir demain, monsieur Nathan, et je vous mettrai dans le train de Birmingham. Puis-je vous déposer, monsieur Holmes ? Hé bien ! alors, au revoir ! Nous aurons de bonnes nouvelles pour vous demain soir.

Je notai que le visage de mon ami s'éclaira quand l'Américain sortit : toute perplexité l'avait quitté.

– J'aimerais bien regarder votre collection, monsieur Garrideb ! déclara Holmes. Dans ma profession, il n'y a pas de connaissances inutiles, et votre chambre est un véritable musée.

Notre client rougit de plaisir ; ses yeux étincelèrent derrière les lunettes.

– J'ai toujours entendu dire, monsieur, que vous étiez un homme remarquablement intelligent. Si vous avez le temps, je peux vous en faire faire le tour maintenant.

– Malheureusement, mon temps est pris ce soir, répondit Holmes. Mais tous vos échantillons sont si bien classés et étiquetés que je pourrais me passer, je crois, de vos explications personnelles. Si vous m'autorisiez à venir ici demain, je serais heureux d'y jeter un coup d'œil.

– Bien volontiers. Vous êtes le très bienvenu chez moi. L'appartement sera fermé à clé, mais vous trouverez Mme Saunders au sous-sol jusqu'à quatre heures et elle vous remettra la clé pour que vous entriez.

– Il se trouve justement que demain après-midi je suis libre. Si vous aviez l'obligeance de dire un mot à Mme Saunders, ce serait parfait. A propos, qui est votre agent de location ?

Notre client parut surpris par cette question.

– Holloway & Steele, dans Edgware Road. Mais pourquoi ?

– Je suis vaguement archéologue quand il s'agit de maisons, dit Holmes en riant. Je me demandais si celle-ci était de l'époque Queen Ann ou des George.

– Des George, sans aucun doute.

– Tiens ! Je l'aurais crue un peu plus ancienne. Toutefois la vérification est facile. Au revoir, monsieur Garrideb, et puissiez-vous mener à bien votre voyage de Birmingham !

L'agent de location habitait tout près ; mais son bureau était fermé pour la journée ; nous rentrâmes donc à Baker Street. Après dîner, Holmes revint sur le sujet.

– Notre petit problème touche à sa conclusion, me dit-il. Sans doute voyez-vous déjà la solution ?

– Je m'y perds, Holmes. Il me paraît n'avoir ni queue ni tête.

– La tête est assez nette ; quant à la queue, nous la verrons demain. N'avez-vous rien remarqué dans cette annonce ?

– Les puits artésiens...

– Oh ! vous aviez remarqué les puits artésiens, hé ? Ma foi, Watson, vous progressez tous les jours. On ne trouve guère de puits artésiens en Angleterre, alors qu'on s'en occupe beaucoup en Amérique. L'annonce était typiquement américaine. Qu'en pensez-vous ?

— Je pense que cet Américain l'a fait insérer lui-même dans ce journal. Mais dans quel but, voilà ce que je ne comprends pas.

— Plusieurs hypothèses sont possibles. Ce qui est certain, c'est qu'il voulait expédier à Birmingham ce bon vieux fossile. Voilà qui est clair. J'aurais pu l'avertir qu'il partait pour une chasse à l'oie sauvage, mais à la réflexion il m'a paru préférable qu'il débarrasse la scène. Demain, Watson... Hé bien ! demain vous apprendra la vérité !

Holmes se leva et sortit tôt. Quand il revint à l'heure du déjeuner, il avait le visage grave.

— L'affaire est beaucoup plus sérieuse que je le croyais, Watson ! me dit-il. Il n'est que juste que je vous prévienne, bien que je sache parfaitement que ce sera une raison supplémentaire pour que vous fonciez. Je connais mon Watson ! Mais un danger existe réellement, et vous devez être au courant.

— Bah ! ce n'est pas le premier que nous avons partagé, Holmes ! J'espère qu'il ne sera pas le dernier. Qu'a-t-il de spécial cette fois ?

— Nous nous heurtons à une entreprise très dure. J'ai identifié M. John Garrideb, conseiller juridique. Il n'est rien de moins que « Killer » Evans, tueur de sinistre réputation.

— Je ne suis pas plus avancé...

— Ah ! cela ne fait pas partie de votre métier de porter dans votre tête un répertoire du crime. Je suis descendu voir notre ami Lestrade à Scotland Yard. Certes, il peut y avoir là parfois un manque d'intuition imaginative, mais pour ce qui est de la méthode et du travail approfondi, Scotland Yard mène le monde ! J'ai eu l'idée que nous pourrions trouver trace de notre Américain dans leurs archives. Et, bien sûr, j'ai découvert son visage poupin qui me souriait dans la galerie des portraits des bandits. Au-dessous, cette légende : « James Winter, alias Morecroft, alias Killer Evans »...

Holmes tira de sa poche une enveloppe.

– ... J'ai gribouillé quelques détails de son dossier. Age : quarante quatre ans. Né à Chicago. Auteur d'un triple meurtre aux États-Unis. Échappé du bagne grâce à des influences politiques. Arrive à Londres en 1893. Abat un homme sur une table de jeu dans un night-club de Waterloo Road en 1895. L'homme meurt, mais les témoignages concordent pour affirmer qu'il a été l'agresseur. La victime est identifiée comme étant Rodger Prescott, célèbre comme faussaire et faux-monnayeur à Chicago. Libéré en 1901. Surveillé par la police. Mène une existence honnête. Individu très dangereux ; toujours armé et prêt à tirer... Tel est notre oiseau, Watson. Un beau gibier, comme vous en conviendrez.

– Mais que cherche-t-il ?

– Hé bien ! son jeu commence à se préciser. Je suis allé chez l'agent de location. Notre client, comme il nous l'a dit, loge là depuis cinq ans. Avant qu'il prenne possession des lieux, ceux-ci étaient inoccupés. Le locataire précédent était un gentleman qui s'appelait Waldron. Il a brusquement disparu, et personne n'a plus entendu parler de lui. C'était un homme grand, portant la barbe, très brun. Or Prescott, l'individu qu'a abattu Killer Evans, était, selon Scotland Yard, un homme brun, grand et barbu. En tant qu'hypothèse de départ, je pense que nous pouvons admettre que Prescott, bandit américain, vivait dans cet appartement, que notre innocent ami a transformé en musée. Voilà enfin un maillon de la chaîne, comprenez-vous ?

– Et le maillon suivant ?

– Hé bien ! nous allons de ce pas nous en occuper...

Il saisit un revolver dans un tiroir et me le remit.

– ... J'ai sur moi mon préféré. Si notre ami du Far West essaie de nuire à son homonyme, il faut que nous soyons prêts. Je vous donne une heure pour votre sieste, Watson. Après quoi il sera temps de nous mettre en route pour notre aventure de Ryder Street.

Quatre heures sonnaient quand nous arrivâmes dans la maison de Nathan Garrideb. Mme Saunders, femme de charge, allait sortir ; mais elle ne fit aucune difficulté pour nous laisser entrer, car la porte était munie d'une serrure à ressort, et Holmes promit de veiller à ce que tout fût en ordre avant de partir. La porte se referma sur nous ; son bonnet passa devant la baie vitrée ; nous restions seuls au rez-de-chaussée. Holmes examina rapidement les lieux. Dans un coin sombre, il y avait une armoire qui n'était pas tout à fait collée contre le mur. Ce fut derrière elle que nous nous dissimulâmes pour parer à toute éventualité. Holmes, dans un chuchotement, me confia les grandes lignes de son plan.

– Il voulait que notre ami quitte cette pièce. Cela est absolument sûr. Comme le collectionneur ne sortait jamais, il a fallu le décider moyennant les préparatifs que vous connaissez. Toute l'histoire des Garrideb n'a pas d'autre but. Je dois dire, Watson, qu'il y a dans ce projet une certaine invention diabolique, même si le nom bizarre du locataire lui a fourni un prétexte qu'il n'avait peut-être pas prévu. Il a tissé sa trame avec une astuce remarquable.

– Mais pourquoi ?

– Ah ! voilà ce que nous allons découvrir ! Son projet à première vue n'a rien à voir avec notre client ; il se rapporte à l'individu qu'il a abattu : un homme qui a pu être son complice dans le crime. Dans cette pièce il y a un secret coupable. Voilà comment je lis la situation. D'abord j'ai cru que notre ami pouvait avoir dans ses collections quelque chose d'une valeur qu'il ignorait lui-même, quelque chose qui aurait mérité l'attention d'un grand criminel. Mais le fait que Rodger Prescott, de mauvaise mémoire, ait habité cette pièce m'incline à envisager un motif plus grave. Nous n'avons qu'une chose à faire, Watson : nous armer de patience et attendre ce que l'avenir nous apportera.

Ce fut un proche avenir. Nous entendîmes bientôt la porte s'ouvrir et se refermer et nous nous accroupîmes dans l'ombre. Puis ce fut le bruit sec, métallique d'une clé ; l'Américain entra dans la pièce ; il ferma doucement la porte derrière lui, inspecta les lieux d'un regard vif, retira son manteau, et avança vers la table du milieu du pas décidé de quelqu'un qui sait exactement ce qu'il doit faire et comment le faire. Il repoussa la table sur le côté, releva le carré de tapis sur lequel elle était posée, le roula, puis, tirant une pince-monseigneur de sa poche intérieure, s'agenouilla et se mit vigoureusement à l'ouvrage sur le plancher. Bientôt nous entendîmes un bruit de planches qui glissaient ; l'instant d'après, un trou carré apparut. Killer Evans frotta une allumette, alluma un bout de bougie, et disparut.

Notre heure était arrivée. Holmes me toucha légèrement le poignet ; ensemble, sur la pointe des pieds, nous arrivâmes au bord de la trappe. Nous avions eu beau marcher doucement, le vieux plancher avait gémi sous nos pieds, et la tête de l'Américain émergea du trou. Il tourna vers nous une tête où se lisait une rage furieuse, qui s'apaisa progressivement quand il vit deux revolvers braqués sur lui.

– Bon, bon ! fit-il froidement tout en remontant sur le plancher. Je crois que vous avez été de trop pour moi, monsieur Holmes. Vous avez percé mon jeu, je pense, depuis le début. Bien. Je vous l'accorde. Vous m'avez battu, et...

En un dixième de seconde, il avait tiré un revolver d'une poche intérieure et fait feu, deux fois. Je sentis comme une cautérisation au fer rouge à la cuisse. Puis le revolver de Holmes s'abattit sur la tête de l'homme. J'eus la vision de Killer Evans s'étalant sur le plancher, de son sang qui s'écoulait de sa figure, et de Holmes le fouillant pour le désarmer. Enfin les bras de mon ami m'entourèrent et me conduisirent sur une chaise.

– Vous n'êtes pas blessé, Watson ? Pour l'amour de Dieu, dites-moi que vous n'êtes pas touché !

Cela valait bien une blessure, beaucoup de blessures, de mesurer enfin la profondeur de la loyauté et de l'affection qui se cachaient derrière ce masque impassible ! Pendant un moment je vis s'embuer les yeux durs, et frémir les lèvres fermes. Pour la première fois de ma vie, je sentis battre le grand cœur digne du grand cerveau. Cette révélation me paya de toutes mes années de service humble et désintéressé.

– Ce n'est rien, Holmes. Une simple égratignure.

Il avait déchiré mon pantalon avec son canif.

– Vous avez raison ! s'écria-t-il en poussant un immense soupir de soulagement. La blessure est très superficielle...

Son visage prit la dureté du silex quand il se tourna vers notre prisonnier, qui se dressait sur son séant avec une figure ahurie.

– ...Cela vaut mieux pour vous. Si vous aviez tué Watson, vous ne seriez pas sorti vivant de cette pièce. A présent, monsieur, qu'avez-vous à nous dire pour votre défense ?

Il n'avait pas grand-chose à dire pour sa défense ! Il se bornait à nous regarder de travers. Je m'appuyai sur le bras de Holmes, et ensemble nous regardâmes la petite cave où il était entré par la trappe secrète. Elle était encore éclairée par la bougie qu'Evans avait descendue avec lui. Nos yeux s'arrêtèrent sur une grosse machine rouillée, de grands rouleaux de papier, des bouteilles et, soigneusement alignés sur une table, de nombreux petits paquets bien enveloppés.

– Une presse à imprimer... Tout l'attirail du faux-monnayeur, dit Holmes.

– Oui, monsieur ! reconnut notre prisonnier, qui essaya de se remettre debout et qui retomba sur sa chaise. Le faux-monnayeur le plus formidable qui ait jamais vécu à Londres. C'est la machine de Prescott, et ces paquets sur la table renferment deux mille billets de cent livres qu'il a fabriqués et qui auraient pu passer partout. Servez-vous, messieurs ! Appelez ça une affaire, et laissez-moi décamper.

Holmes se mit à rire.

– Nous ne faisons pas de choses pareilles, monsieur Evans. Vous avez abattu ce Prescott, n'est-ce pas ?

– Oui, monsieur, et j'ai tiré cinq ans pour ça, bien que ce soit lui qui m'ait attaqué. Cinq ans ! Alors que j'aurais dû recevoir une médaille large comme une assiette à soupe. Personne n'est capable de faire la différence entre Prescott et la Banque d'Angleterre. Si je ne l'avais pas mis hors jeu, il aurait inondé Londres de ses billets. J'étais le seul homme au monde à savoir où il les fabriquait. Vous étonnez-vous aussi que j'aie fait de mon mieux pour obliger ce vieux chasseur de papillons, qui ne sortait jamais, à vider les lieux pour quelques heures ? J'aurais peut-être été plus avisé si je l'avais descendu. Ça n'aurait pas été difficile. Mais que voulez-vous, j'ai le cœur doux, et je ne peux pas commencer à tirer si le copain d'en face n'a pas de revolver. Mais dites donc, monsieur Holmes, qu'ai-je fait de mal après tout ? Je ne me suis pas servi de la came. Je n'ai pas brutalisé le vieux machin. Qu'avez-vous contre moi ?

— Rien qu'une tentative de meurtre, jusqu'ici, fit Holmes. Mais ce n'est pas notre affaire. Vous verrez bien ce qui se passera à la prochaine étape. Ce que nous voulions pour l'instant était votre précieuse personne. Voudriez-vous donner un coup de téléphone au Yard, Watson ? Je présume qu'il ne sera pas tout à fait une surprise pour nos amis.

Tels sont les faits relatifs à Killer Evans et à sa remarquable invention des trois Garrideb. Nous apprîmes ultérieurement que notre pauvre ami ne se remit jamais du choc qui détruisit ses beaux rêves. Quand son château en Espagne s'effondra, il s'effondra lui aussi. Aux dernières nouvelles, il était dans une maison de santé à Brixton. Ce fut un beau jour pour le Yard quand l'attirail de Prescott fut découvert, car la police officielle connaissait son existence mais n'avait jamais pu, après la mort du faux-monnayeur, mettre la main dessus. Evans avait en réalité rendu un grand service, et il avait permis à plusieurs hauts fonctionnaires de dormir sur leurs deux oreilles, tant le faux-monnayeur était un danger public. Ces hauts fonctionnaires auraient volontiers souscrit pour l'achat d'une médaille large comme une assiette à soupe, mais un tribunal en apprécia différemment et Killer Evans fut replongé dans l'ombre d'où il venait de sortir.

Toutes les aventures de Sherlock Holmes

Liste des quatre romans et cinquante-six nouvelles qui constituent les aventures de Sherlock Holmes, publiées par Sir Arthur Conan Doyle entre 1887 et 1927.

Romans

* Une Étude en Rouge (novembre 1887)
* Le Signe des Quatre (février 1890)
* Le Chien des Baskerville (août 1901 à mai 1902)
* La Vallée de la Peur (sept 1914 à mai 1915)

Les Aventures de Sherlock Holmes

* Un Scandale en Bohême (juillet 1891)
* La Ligue des Rouquins (août 1891)
* Une Affaire d'Identité (septembre 1891)
* Le mystère de la vallée de Boscombe (octobre 1891)
* Les Cinq Pépins d'Orange (novembre 1891)
* L'Homme à la Lèvre Tordue (décembre 1891)
* L'Escarboucle Bleue (janvier 1892)
* Le Ruban Moucheté (février 1892)
* Le Pouce de l'Ingénieur (mars 1892)
* Un Aristocrate Célibataire (avril 1892)
* Le Diadème de Beryls (mai 1892)
* Les Hêtres Rouges (juin 1892)

Les Mémoires de Sherlock Holmes

* Flamme d'Argent (décembre 1892)
* La Boite en Carton (janvier 1893)
* La Figure Jaune (février 1893)
* L'Employé de l'Agent de Change (mars 1893)

* Le Gloria-Scott (avril 1893)
* Le Rituel des Musgrave (mai 1893)
* Les Propriétaires de Reigate (juin 1893)
* Le Tordu (juillet 1893)
* Le Pensionnaire en Traitement (août 1893)
* L'Interprète Grec (septembre 1893)
* Le Traité Naval (octobre / novembre 1893)
* Le Dernier Problème (décembre 1893)

Le Retour de Sherlock Holmes

* La Maison Vide (26 septembre 1903)
* L'Entrepreneur de Norwood (31 octobre 1903)
* Les Hommes Dansants (décembre 1903)
* La Cycliste Solitaire (26 décembre 1903)
* L'École du prieuré (30 janvier 1904)
* Peter le Noir (27 février 1904)
* Charles Auguste Milverton (26 mars 1904)
* Les Six Napoléons (30 avril 1904)
* Les Trois Étudiants (juin 1904)
* Le Pince-Nez en Or (juillet 1904)
* Un Trois-Quarts a été perdu (août 1904)
* Le Manoir de L'Abbaye (septembre 1904)
* La Deuxième Tâche (décembre 1904)

Son Dernier Coup d'Archet

* L'aventure de Wisteria Lodge (15 août 1908)
* Les Plans du Bruce-Partington (décembre 1908)
* Le Pied du Diable (décembre 1910)
* Le Cercle Rouge (mars/avril 1911)
* La Disparition de Lady Frances Carfax (décembre 1911)
* Le détective agonisant (22 novembre 1913)
* Son Dernier Coup d'Archet (septembre 1917)

Les Archives de Sherlock Holmes

* La Pierre de Mazarin (octobre 1921)

* Le Problème du Pont de Thor (février et mars 1922)
* L'Homme qui Grimpait (mars 1923)
* Le Vampire du Sussex (janvier 1924)
* Les Trois Garrideb (25 octobre 1924)
* L'Illustre Client (8 novembre 1924)
* Les Trois Pignons (18 septembre 1926)
* Le Soldat Blanchi (16 octobre 1926)
* La Crinière du Lion (27 novembre 1926)
* Le Marchand de Couleurs Retiré des Affaires (18 décembre. 1926)
* La Pensionnaire Voilée (22 janvier 1927)
* L'Aventure de Shoscombe Old Place (5 mars 1927)